NINGUÉM MORREU NAQUELE OUTONO

NINGUÉM MORREU NAQUELE OUTONO

MANOELLA VALADARES

telaranha

© **Manoella Valadares, 2024**

Coordenação editorial: Bárbara Tanaka e Guilherme Conde Moura Pereira
Assistente editorial: Juliana Sehn
Fotografia de capa: série *montação*, 2022 ska batista
Projeto gráfico e diagramação: Guilherme Conde Moura Pereira
Comunicação: Hiago Rizzi
Produção: Caro Leonardi

Dados Internacionais de Catalogação na Publicação (CIP)
(Câmara Brasileira do Livro, SP, Brasil)

Valadares, Manoella
 Ninguém morreu naquele outono / Manoella Valadares. — 1. ed. — Curitiba, PR: Telaranha, 2024.

 ISBN 978-65-85830-07-2

 1. Poesia brasileira I. Título.

24-213080

CDD-B869.1

Índices para catálogo sistemático:
1. Poesia : Literatura brasileira B869.1
Aline Graziele Benitez – Bibliotecária – CRB-1/3129

Direitos reservados à
TELARANHA EDIÇÕES
Rua Ébano Pereira, 269 – Centro
Curitiba/PR – 80410-240
(41) 3220-7365 | contato@telaranha.com.br
www.telaranha.com.br

Impresso no Brasil
Feito o depósito legal

1ª edição
Julho de 2024

Para Stella Miliband

Tateio. E a um só tempo vivo
E vou morrendo. Entre terra e água
Meu existir anfíbio. Passeia
Sobre mim, amor, e colhe o que me resta:
Noturno girassol. Rama secreta.

— **Hilda Hilst**

E a hora da minha morte aflora lentamente
Cada dia preparada

— **Sophia de Mello Breyner Andresen**

Os bichos do chão. O rolar das estações, dentro de uma estação mais ampla, civilizações inteiras florescendo e morrendo em um só Outono gigantesco, em um só Inverno de milênios.

— **Osman Lins**

SUMÁRIO

AS PALAVRAS ERRANTES, POR RAFAEL ZACCA \\ 11

NINGUÉM MORREU NAQUELE OUTONO \\ 17

POSFÁCIO, POR MARCELLA FARIA \\ 79

AGRADECIMENTOS \\ 83

ÍNDICE DE TÍTULOS \\ 85

AS PALAVRAS ERRANTES
POR RAFAEL ZACCA

Os anfíbios têm duas vidas. Ao ler a epígrafe de Hilda Hilst que está neste livro ("e vou morrendo. Entre terra e água / Meu existir anfíbio"), você pode imaginar que os versos que seguirão falam de oposições e dualidades. De fato, *Ninguém morreu naquele outono* é um livro marcado pelas ambivalências. Como em "phármakon" (p. 37), onde a poeta mexe "o caldo virtuoso/ como se lá dentro Netuno/ beijasse cobras e pássaras marinhas/ que logo adoçariam/ aquelas bocas murchas". Ora, nesse pequeno poema, quase todas as forças fundamentais dessa poesia se colocam: o mar, a vida anfíbia, a tendência dispersiva do sentido nos últimos versos e a palavra poética entre a cura e o veneno.

Mas é apenas aparentemente que os poemas aqui reunidos falam com a gramática das oposições. Antes, eles se situam na passagem de um a outro valor, de uma a outra vida. Por isso, seu afeto básico é a vertigem – própria daqueles que, atópicos, perderam o chão. A poeta deseja "voar até o centro do vulcão/ e lá dizer-se água" (p. 40). Do fogo à água, da terra ao mar, da palavra ao silêncio: é no interstício que sua palavra se situa. Que é que a poeta tem a dizer? O que toda poesia verdadeira diz: "palavras pela metade/ soltas pelo ar/ entre a cozinha e a sala/ nossa faixa de gaza" (p. 50). Como se não pertencessem a uma vida nem à outra, esses poemas se situam na passagem ela mesma.

Foi Augusto de Campos quem escreveu certa vez que "a poesia é uma família dispersa de náufragos bracejando no tempo e espaço". Podemos continuar só mais um pouquinho com essa metáfora apátrida para ler Manoella Valadares, cujos poemas estão encharcados de água salgada para todos os lados. Se Augusto fala a verdade, os poemas são ou a ladainha dos náufragos ou as mensagens nas garrafas. Então, a palavra da poesia é pura errância. Mas o que são palavras de pura errância? Aquilo que erra, erra sem autoridade. Isto é, sem autoria. As palavras da poesia vagam sem dono nem sujeito e, por isso, se abrem à agência das coisas.

Nos poemas de Manoella, frequentemente lidamos com essa indeterminação das falas. Não apenas somos interpelados por vozes sem dono, como também presenciamos a transfiguração dos processos de individuação, que reúnem os diferentes reinos da vida. Como no poema "Stella" (p. 51): você repara que a poeta, a cachorra e a cadeira se tornam uma só garganta de onde emana a voz do poema?

a cachorra amarrada na cadeira
corpo imóvel
somos uma só

garganta
de um estuário triste
eu a cachorra a cadeira

um arremedo de escultura
a respiração falha
o nó na cadeira

Repare ainda que o *enjambement* entre "somos uma só" e "garganta" divide a vida do poema em duas, dando à estrofação o caráter de uma hiância. É nela que vive a poeta. Anfíbia e náufraga. Mas dizer errância ainda é dizer pouco. Há algo mais no naufrágio. A ladainha da náufraga não é solitária. Ela convive com os fragmentos do barco que um dia foi seu chão. É de uma tal fragmentação que sobrevive, por assim dizer, a linguagem de Manoella. Seus poemas são atravessados por cacos de memória, acontecimentos do presente e vozes que perturbam a comunicação. É náufraga, mas é viva. Aprendemos com João Cabral de Melo Neto que o que vive, "porque vive/ choca com o que vive". A interrupção e o choque são a marca dessa poesia cheia de arestas. Ela se dirige "ao pontiagudo dos infernos" (p. 36) do não lugar para dizer com "olhos trágicos" (p. 20): "I do not believe in time" (p. 34).

abril de 2024

Rafael Zacca é poeta e crítico. Professor no departamento de Filosofia da PUC-Rio. Autor de *O menor amor do mundo* (7Letras, 2020) e *Formas nômades* (Margem da Palavra, 2021).

NINGUÉM MORREU NAQUELE OUTONO

ÁGUA-VIVA

no ano de 1979
na biblioteca 13 de maio
li um poema de Cecília Meireles
talvez Leilão de Jardim

em 1982 (me apaixonei pelo Paolo Rossi)
tive hepatite
de alta fui comer
um brotinho na tony's pizza

1985 foi capeta
descobri um bigode
queimei todinho em Nevinha

no fim de 1989
passei no vestibular
ganhei um uno e no mesmo
dia bati num táxi

antes de 1989
me livrei do meu hímen
e perseverei ingenuamente
em sortear boletos

— *foi quando descobri, Gilda:*
uma mulher precisa de dinheiro para
se virar

agora
está quase tudo dito

MANUEL

meu diabo de guarda
se soubesse sobre mim
abriria teu piano de dentes
e recitaria teus olhos
diante do vazio da jaula

AURORA

do vigésimo primeiro andar
vejo ondas gigantes
elas miram
meus olhos trágicos
eu retribuo abrindo a janela

— *pode entrar*

AREIA

cada mecha azulada
abraçava uma sereia cantante

no fundo do tempo
quedavam faíscas

dependuradas dos fios
já não cheiravam ao musgo matinal

eram apenas emaranhados de grande brilho
a dançar na cabeça de Kurdi

FERIDAS FECHADAS A SAL

para Alfonsina Storni

no meu lago
não ouse salto mortal

não te preocupes
buscarei profundezas
buracos azuis

DERIVA

— *o uber cancelou a viagem, Marli*

você me espera grelhando os vegetais
me promete rios de roku
mas eu não chego nunca

ESMAGANDO COM O PUNHO

— *mato aranhas, Alba*
para aquelas escondidas
no travesseiro
já não preciso preparação

EXPEDIÇÃO

farejar entre corais
esbranquiçados pelas redes
vestígios de outro tempo
cordão vermelho

SALVA-VIDA

eram aqueles versos rascunhados no teu
ouvido uma radiola de ficha enganchada?

naquela madrugada naquela cidade naquela pista
quando

quando

quando nossos corpos salgados colidiram um
penhasco negro dobrou-se mar

a cama suspensa

atlântida

uma boia de ti

hell baby

                                  hell

INVESTIGAÇÕES ALEATÓRIAS
(DE UMA DROSOPHILA FUNEBRIS)

1.
na sala do parto
sua cabeça
um cheiro particular
nêsperas esquecidas
no fundo da gaveta

2.
— *nem se atreva, Gilda*
deixe quietas
todas eu disse todas
as ameixas

3.
o cabo do ferro (de passar)
arco de cello fantasma
notas mudas
espirro
amaciante de
frutos vermelhos

4.
peras turcas
ressentidas
silêncio suspenso
levante de figos
o ovo da vespa

5.
jambos cimento-pá
alma malaia
ossos em festa
sob o chão magenta

6.
praia de aranhas
trincheira de formigas
desenhadas lentamente na
carcaça sapoti
a fruteira nua (uma mentira)

7.
o poema possível
natimorto
antes da colheita

PLAYSTATION

cruzo a cidade
em botas de cowboy pescador
vou como quem enfrenta
o oceano parto

com pulmões cheios
remos sobressalentes
e alguma desconfiança
natural aos desbravadores

no fim do dia
o corpo cambaleante
dança o xamã
dos que voltam pra partir

desta vez
descalça sem remos
nem barco
só um gps na cabeça flutuante
a correr leões em antares

SALA DE ESPERA

remos abandonados no cais
um barco à deriva

— *puxa outro cigarro*
Alba vai atrasar

MOLINETE

a cabeça
máquina do tempo
do meu tempo
um marca-passo
atrasado

TEJO

de volta para casa/ o cacilheiro estará vazio/ abrirás o livro/ puxarás um problema/ como quem escolhe uma rota/ me explicarás a ciência equações hipérboles esferas/ direi que entendi/ mentirei para te agradar/ o amor que usa disfarce consentido é verdadeiro, Marli/ darás um risinho de canto de boca/ fecharás o livro e com a voz tranquila/ me dirás/ chegamos

TOMANDO UM CAFÉ COM OVÍDIO, DURAS E NABOKOV

time, the devourer of all things
the best way to fill it is to waste it
I confess, I do not believe in time

NAUFRÁGIO

uma fotografia de
quase
meio século
tenho pouco mais de
três anos
um colar branco de havaiana
uma tanga florida
não consigo ver as cores das
margaridas
a dos olhos estrábicos (consigo)
marrom-castanho
é carnaval
cara de enterro

ESTRELADO

debaixo do dragão
toda líquida pura sibilância
apagando faíscas voltei
ao pontiagudo dos infernos
(ainda na tua cama) pedi

— *frita um ovo pra mim?*

PHÁRMAKON

o avental todo sujo
meus braços de cais
mexendo o caldo virtuoso
como se lá dentro Netuno
beijasse cobras e pássaras marinhas
que logo adoçariam
aquelas bocas murchas

PLACEBO DE MI ALMA, MARLI

nunca fui mocinha de domingo
talvez freira arrependida
por não ter e ter
sangrado beiras e furos alheios

na década alcançada
durmo cedo
caminho pela areia
tomo pílulas azuis
Medusa de meia-idade
com exames de rotina
organizados por data
e guardados numa
pasta elástica

ORIGAMI

1.
atiçar o fogo
como uma libélula
arqueando as asas
ao cortejar o dragão

diante da recusa
se desfaz alada
flutuando à procura
de outros infernos

2.
ser hipnotizada pelo fogo
como quem prova
jambo caído do céu
e esquece o magma sublime
escorrido pela boca
manchando o vestido emprestado

3.
dançar com o fogo
como Nijinsky
que além de desafiar a gravidade
provou em seus diários
ser um pássaro deus
sem asas

4.
ser traída pelo fogo
como um asmático
que acende a lareira empoeirada
para esquentar a casa
e descobre que há
fumaça nos pulmões

5.
duelar com o fogo
como a aranha que copula
arranca e come a cabeça do macho
para nutrir-se
gerar bebês mais fortes
que mais tarde matarão seus irmãos

6.
roubar um par de asas
costurá-las em fio de prata
perfumá-las delicadamente em roku
evocar o mistério maior
voar até o centro do vulcão
e lá dizer-se água

NÃO APLICÁVEL AOS DA GARGANTA

em geral, um bom nó náutico deve ter as seguintes características:
- ◊ ser feito em segundos
- ◊ resistir a pressões extremas
- ◊ ser facilmente desatado

AQUELA QUE CAMINHA COM OS CANINOS

eles estão acocorados no poleiro do circo
no picadeiro escrevo

não alimentem uma morsa em dia de cio

respiro o peso do silêncio
quebrado de repente
pelo barulho das patas nos sacos

lanço a presa esquerda

apago violentamente o relevo no gelo
eles agora estão de pé e arremessam

amendoim para mim

MARLI SOB OS EFEITOS DO PHÁRMAKON

deitada
outra cama
filtros me captam
espiral
formas achatadas
transluzentes

pontos quase
mortos
insistentes
flama fraca
pálpebras semicerradas
olhos de vigília

procuro aqui o fio de cobre
mas ele não dá as caras
me resta adivinhar
— *a tua sombra, Gilda*
corro ao espelho

me armo em carnes duras
ásperas
parto pra cima
tua gargalhada
o chão
o fio de cobre
refeito latente sedutor

zombeteiro o espelho avisa

— *you will survive*

A TERCEIRA BRUXA

— vem logo, Alba
o filme vai começar

— você de novo com essa obsessão
sei lá que versão de Macbeth é essa, Gildinha

— vem cá, Alba
olha quem tá gargalhando no espelho

CAFÉ PARIS (ESPECIFICAMENTE O DE SANTIAGO DE COMPOSTELA | RÚA DOS BAUTIZADOS, II)

> *O tipo de coisa*
> *que a gente que é velho*
> *diz enquanto toma café*
>
> Leonardo Gandolfi

quase toda cidade tem
um café paris, Gilda
(dentro dele) casais
apaziguados mornos
pressão arterial quase perfeita
olhos ocupados pela previsão
do tempo noticiário ou um meme
cansado que chega pelo
whatsapp
quase sempre
calados, ou apenas um
fala, ou hesita o abrir
dos lábios

mas há também outros casais
brigam se preferem Gil ou Caetano
se vão morar em casa ou apartamento
adotar gato ou cão ou pelo
lugar à mesa
onde você está
se perde muita coisa

Gilda, aqui do lado
esse casal português
eles são do porto
reconheço o sotaque
se comunicam por tiques nervosos
um levanta a sobrancelha esquerda
dois segundos depois o outro
arqueia a direita
esse balé quer dizer alguma coisa, Gildinha

— *talvez, Alba, talvez*

DEPOIS DA QUEDA

raspar a cabeça
baixar xangô
engolir dromedários
rasgar o forro do sofá
arremessar discos ao lustre
trazer a mangueira do jardim
pra sala
encharcar enciclopédias
e lavar esse chão petróleo

o peso da água pintando tudo com
a força de um tsunami
mas até lá a nossa infusão vai apurando aos poucos
soltando cheirinhos venenosos pela casa
enquanto preparas o café da manhã dos minotauros
ainda adormecidos à espera deste verão
que será um estrondo

não se preocupe o outono virá
será a sua vez de enlouquecer
um pouquinho e tudo
tudo tudo tudo será
celebração e fenômenos
viris

corpo enterrado na praia dos tubérculos
cabeça fora ostentando uma coroa de ranúnculos
onde pássaras de outubro

farão seus ninhos
eu vou te libertar e se quiser
quem sabe
a gente mude de século e comece
tudo outra vez

FESTIM

ficou a voz longe do lobo
palavras pela metade
soltas pelo ar
entre a cozinha e a sala
nossa faixa de gaza

no quarto em cima da cadeira
o vestido ainda procura teu corpo
mas só encontra fios da tua barba
no tafetá amarrotado

meus pés cansados
sem o entremeio das tuas pernas
imaginam uma taipan
de duas cabeças
o mais perfeito diabo
em dia de banquete

STELLA

a cachorra amarrada na cadeira
corpo imóvel
somos uma só

garganta
de um estuário triste
eu a cachorra a cadeira

um arremedo de escultura
a respiração falha
o nó na cadeira

SEMPRE SONHEI COM UMA CANETA QUE FOSSE UMA SERINGA

vou às compras
investigar possibilidades
você precisa dormir

no supermercado
são dezenas de chás
para muitas coisas
mas lembro
você precisa dormir

levo dois, um de valeriana outro de casca de maracujá
lembro da tua testa de fogo
não, isso não será o bastante

na botica
a moça me aponta sonhos de melissa
31 libras por 7 bilhetes ao jardim
escolho outro mais barato

com o troco
compro um espelho

CLARABOIA

nove e trinta e quatro
o calor já vai queimando tudo
a cabeça
polaroid desbotada

da palma da mão nascem tulipas
a cigarra aqui ainda delira
no mesmo lençol branco
da madrugada passada

lembro do crémant da borgonha
da ponte sobre ronda
do elevador pantográfico
fragmentos servidos numa flute com cactos

ouriço-me
aponto pro teto
vejo a fagulha do mundo
— *gente fina é outra coisa, Marli*

olho pro lado
reconheço o homem
florido em andorinhas
monto acampamento

faço da cama
espreguiçadeira pro mar

A COR DO SOL

> *I open mine as wide as possible.*
> *I like to see everything, I say*
> *What's there to see?*
>
> Anne Carson

1.
era uma tarde qualquer
você pediu baixinho, *entra ali na névoa*
eu mergulhei
tudo o que via era
muito mais do que via e era
a ausência da cor

2.
pendurada na parede da sala
até hoje a fotografia me provoca
você vê ocre ou telha?
— *mas eu sigo de costas, Marli*

3.
venha, venha
infle seus pulmões escuros
solte uma fumacinha tartaruga
inaugure os chifres
cole a cauda verdigris
arregale os olhos, tão anêmicos!
pronta?
agora me diga, o que a fadinha vê?

4.
nem laranja/ nem amarelo/ nem vermelho/ muito menos ocre ou telha/ o sol é branco/ provaram os cientistas

ORBUCULUM

1.
há um manto azul
com lagartas de fogo
a espreitar meu esqueleto
entre a neblina

2.
há uma mulher canceriana
a embalar os savacus
assombrados e insones
na clareira da mata

3.
há uma flute vazia
à espera de quem a alimente
com o barro das águas temperamentais
resquício de frejes solares

4.
há um rio entorpecido
com sofás e baronesas
que captam meu olhar mais duro
aquele que ressoa os sinos do carmo

5.
há uma rã-leopardo
alvoroço urgente das horas
vida feita de frêmitos
paixão de açudes revoltos

6.
há o relincho dos maveriques
corpo esporão
capim matador de fome
crina suspensa no trançado do meio-dia

7.
— *há tua respiração, Gilda*
açoite robusto
anunciado em lençóis de verão
um punho golpe martelo

8.
há amálgama nessa boca torta
palavras perdidas entre as tuas mucosas
o peso morto
sob a lâmina cega de Alba

9.
há o vazio
o vazio não há
estilhaço entre as mãos

MIXOLOGIA

li e reli
Dickinson

entendi quase nada
minha pupila
labirinto

ouvi e ouvi
Stella

entendi quase tudo
meu ouvido
quebra-mar

a voz
ruído em k7
o silêncio
borrão da tinta

uma glicínia em corpo de abelha
sibila ao vento

CONTRAVAPOR

uma rata nasceu
bem no meio dos meus peitos
mas eu era também pedra

viveu

FINISTERRA

amanhã acordarei refeita
que levante o lençol ainda quente
boceje extravios
abra a janela
e veja um céu de chumbo
arrastando rizomas
fim sem sim

MANDÍBULA

para Ana Mendieta

antes do golpe
roubo a tua peixeira
faço da arma
majá de Santa Maria

estico a garganta
salgo a glote
amacio o palato
engulo a serpente

embriagada sob a prece
teço o cordão umbilical
a pele dela o couro meu
uma ponte luminosa sobre a toa

lambo a coleira rubra
provocação xangô
santeria congada no malecón
rastejos de outros timbres pelo ar

ali colherei os cacos cobertos de terra
para mais tarde ferir-te treze vezes

[num salão frio quem sabe]

quando estiveres pronto
não nunca estarás
te mostrarei como se faz

o músculo o vapor
a terra arenosa
a presa o bote
o sopro do desenlace
o último expurgo

o bicho morto
queimado no espeto de ferro
será apenas a sombra da peixeira
dela vibrará o silêncio acre
então dominarás não a minha
mas a tua mandíbula

NADJA | AJDAN (PARA LER COM ESPELHOS)

a partir de João Cabral de Melo Neto e André Breton

sem galos nem fios de sol
sem córtex nem aspirina
sem bainha nem faca
sem cádiz nem véu
sem copacabana nem sertão
sem Manuel nem Aragon
sem pedra nem mistério

sem Alba nem Gilda
com André com João

sem bandarilhas nem forcados
sem sangue nem chifre
sem surubim nem limoeiro
sem caixas de vidro nem rã
sem Carlos nem conselho
sem matriz nem feto
com Maria sem Zacarias

só de calcinha e botas brancas
sussurrando ao espelho
quem foi eu?

OBSERVAÇÕES A PARTIR DE CASSIS

nas ruas de uma cidade (de praia) na provence
é proibido andar de roupa de banho

em londres
é proibido trocar olhares no metrô

no recife
fode-se a céu aberto

DOIS EM UM

Gilda foi ao pina no domingo
namorou Eurídice atrás do passat vermelho
bebeu até de manhã
perdeu a calcinha
e o emprego

ALBA DE SKYE

para Marta Barbosa Stephens

de alto teor clariciano
e finíssima matéria marinha
dominava mistérios assírios
alquimias botânicas

exímia nadadora, dispensava
balsas e hovercrafts
nas travessias veroneses

uma aura de quem escutava
as ondas em conchas negras
e devolvia sussurros
preenchidos em falsetes tropicais

no cair das horas
deitava o pensamento na rocha úmida
lá dedilhava a cartografia dos amores improváveis
enquanto marujos e sereias provavam o avesso
do seu ventre de ilha e sal

— *me perdoe, Gilda*
mas nunca houve uma mulher
como Alba de Skye
nem em júpiter
nem no google
pode pesquisar

FENDA

costuro escamas de peixe à pele
assim me sentirei à altura
quando rasgar os tratados de Hydra

depois queimarei cada pedacinho
e sem qualquer pruma
terei a urgência da tua ursa maior

estarás em outro tempo
nossas distâncias repartidas
franjas correndo em paralelas

tu transpondo galáxias
eu ainda aquática
entre o não dito e o vácuo

estrelas findas e peixes em arrastão

— era isso que estava escrito
naquele diário proibido, Alba

a chave, engoli

GÓBIA

meu vestido pegou fogo
o corpo preservado
todo mar

A ÚLTIMA CARTA

querida Gilda,

você tem toda razão
poesia é como ir ao oceanário
vá, mas não me chame
e toma lá: essa sua resistência ao verso
pelo não verso
algo tão apropriado
lúcido
canônico
faz todo sentido

me desculpe aquele poema
da nossa lua de mel no recife
como era mesmo?
as pernas em lótus
os cabelos rubros
a boceta pegando fogo
o espreguiçar
nem eu lembro
espera

o espreguiçar não
era sua sombra
desenhada na torre malakoff
mas isso já não importa
agora só as desculpas que te devo
mas você sabe que não tem jeito

sou reincidente confessa
esse fiz antes da partida
só tem título (por sinal comprido)

um cravo lilás na lapela do terno azul com que irás ao meu
funeral na catedral de saint-pierre

seria lido no puteiro do menard
decerto um lapso, meu amor
não deu tempo de rasgar
ficou na mesinha de cabeceira
dentro do livro da Ocampo
desculpe também
todo o constrangimento passado
naquela leitura em paraty
mas valeu pelo porre e pela cama do hotel
como são macias as camas de hotel!

aqui embaixo, sigo na dureza
ao meu lado mora aquele senhor erudito
ele faz muxoxo quando em transe
puxo nossas ladainhas eróticas
saudade das suas coxas, Gildinha
minha língua na sua nuca
meu peito na sua boca
saudade grande, Gildinha!

o relógio tá correndo
daqui a pouco acordo pra bater ponto
preciso ir
mas não se preocupe
te escreverei sempre

se possível inventários, cronogramas, catálogos
bulas, agendas, recibos, receitas de bolo, manuais náuticos

olha, pode queimar tudo
você sabe bem onde estão

da sua eterna,
    La intrusa

ps: as cinzas vão te cair bem, junte as minhas se puder
eu continuo à espera da minha cremação; os vermes
têm sido generosos comigo.

*Carta entregue em mãos por Grisélidis Réal a María Kodama
durante uma madrugada de sonhos no templo las ruinas circulares
em 8 de agosto de 2327.

EXTINTOR

o rosto de Eurídice era
um jardim de lagartas de fogo
à espera da primeira chuva da manhã

GILDA

na lapela
três mínimas flores

nas mãos da viúva
o sal do mundo

BLUE HOLE

o quarto continua fechado
não tenho coragem de abri-lo
guardam-se ali fios do teu cabelo
restos de unhas cortadas
a última equação por resolver
a planta com sede

não tenho coragem de abri-lo

o buraco acenderia em mim
a penumbra da noite
e hoje tudo que posso
é recolher a tua correspondência
ao meio-dia

NUMA MANHÃ DE DEZEMBRO

quando nada mais precisará ser dito
serei mais branda
absorta num mar de papoulas
cantarei o silêncio
diante de uma chuva lilás
apagarei

CONSIDER MY DEATH

quando um pássaro não completa sua jornada migratória
quando o vento não consegue derrubar a cabana na praia
quando Stella se joga da ponte

SOL-POSTO

meu deus não tem pernas
nem pulmão
é apenas uma cabeça
onde a sombra faz silêncio

POSFÁCIO
POR MARCELLA FARIA

"O gesto do áugure [...]: devia ser lindo, outrora, aquele bastão apontado para o céu, isto é, para o inapontável; e, além disso, esse gesto é louco: traçar solenemente um limite do qual não sobra imediatamente nada, a não ser a remanência intelectual de um recorte, consagrar-se à preparação totalmente ritual e totalmente arbitrária de um sentido." Como nos lembra esse trecho de Roland Barthes, o templo, antes de ser um lugar terreno para celebração ritual, era um recorte desenhado no céu pelos adivinhos definindo o espaço onde poderiam se dar os auspícios, as revelações. Nesse sentido, o livro que você tem em mãos é um templo; aqui, os mistérios são celebrados à medida em que são constituídos enquanto artefatos, sentidos.

Em *Ninguém morreu naquele outono*, livro de estreia de Manoella Valadares, ela nos aponta um percurso, passa seu marca-texto fluorescente – como as estrelas mais distantes – sobre as palavras menos óbvias (que vocabulário ela tem!) para produzir um rasgo-risco de iluminação. Tateia, pois o livro segue sua própria recomendação, formulada na voz de Hilda Hilst logo na primeira epígrafe, a mesma, aliás, formulada por Paul Valéry (outro áugure) em sua teoria da ação poética: tatear, sempre. A reverência ao indizível (inapontável) se faz nas tentativas de esboçá-lo, indistintamente, em palavras, corpos, paisagens, tempos e deslocamentos; verdades íntimas, previsões oraculares, horas do dia, eras geológicas, as cores do mundo se equivalem. Tudo é traço da voz no papel, no céu – e é essa a beleza do livro. Caetano Veloso, genial, faria equivalências do tipo "muita coisa, quase nada, cataclismas, carnaval". Manoella o faz também e além:

> *corpo enterrado na praia dos tubérculos*
> *cabeça fora ostentando uma coroa de ranúnculos*
> *onde pássaras de outubro*
> *farão seus ninhos*
> *eu vou te libertar e se quiser*
> *quem sabe*
> *a gente mude de século e comece*
> *tudo outra vez*
> (p. 48-49)

"Ninguém morreu", mas tudo está por um fio. Circe e todas as feiticeiras ancestrais reverberam em Alba e as aranhas, em Gilda, a primeira, em Marli, a melancolia do meio pro fim das coisas. São bruxas íntimas, amigas e amantes; são mulheres, traços da voz no papel. Mais que premonições, os poemas são indícios:

> *eram aqueles versos rascunhados no teu*
> *ouvido uma radiola de ficha enganchada?*
> (p. 26)

Os poemas são promessa e retribuição, abrem a janela com olhos trágicos para a aurora entrar. Que venham o final dos tempos e as sardas de verão!

junho de 2024

Marcella Faria nasceu em Santiago do Chile, em 1968. É bióloga e mestre em Bioquímica pela Universidade de São Paulo e doutora em Biofísica pelo Museu de História Natural de Paris. Fez pós-doutorados na Unifesp e no Collège de France, dirigiu grupos de pesquisa no Instituto de Química da USP e no Instituto Butantan, sempre interessada nos mecanismos de diferenciação celular, aqueles que conduzem células vivas a destinos e identidades diversos. Nessa área, publicou mais de quarenta artigos científicos, editou livros e periódicos e orientou alunos. Em 2017, integrou o Núcleo de Ciência e Arte da Dactyl Foundation, em Nova York, e passou estudar de forma mais sistemática os pontos de contato entre biologia e literatura como processos de criação de formas vivas — orgânicas, narrativas e poéticas. Em 2021, completou formação em escrita literária pelo Instituto Vera Cruz, em São Paulo. Publicou *Brincadeira de correr* (Círculo de Poemas, 2022) e *Números naturais* (Editora 34, 2023).

AGRADECIMENTOS

Edson, por acreditar sempre

Felipa e Tom, por me mostrarem outros caminhos

Naire e Paulo, pela possibilidade de uma existência livre

Naide e Mana, pelo ouvido e pela amorosidade

Berta, pelos livros que cruzaram o oceano e pelo apoio

Lilian Sais, Marcella Faria e Rafael Zacca, pelo acolhimento

Ana Estaregui, por ampliar meu pensamento

Bárbara Tanaka e Guilherme Conde, pelo trabalho impecável de edição

Ana Paula Fadoni e Wagner de Moraes Gonçalves, pela troca delicada

Adriana Dória Matos, Denise Neves, Ska Batista e Virna Teixeira, pela generosidade

E um monte de gente, bichos, plantas, dias, noites e outras coisas indizíveis com que cruzei no caminho.

ÍNDICE DE TÍTULOS

A CAMA SUSPENSA \\ 27
A COR DO SOL \\ 54
ÁGUA-VIVA \\ 17
ALBA DE SKYE \\ 66
AREIA \\ 21
AQUELA QUE CAMINHA COM OS CANINOS \\ 42
A TERCEIRA BRUXA \\ 45
A ÚLTIMA CARTA \\ 69
AURORA \\ 20
BLUE HOLE \\ 74
CAFÉ PARIS (ESPECIFICAMENTE O DE SANTIAGO DE COMPOSTELA | RÚA DOS BAUTIZADOS, 11) \\ 46
CLARABOIA \\ 53
CONSIDER MY DEATH \\ 76
CONTRAVAPOR \\ 59
DEPOIS DA QUEDA \\ 48
DERIVA \\ 23
DOIS EM UM \\ 65
ESMAGANDO COM O PUNHO \\ 24
ESTRELADO \\ 36
EXPEDIÇÃO \\ 25
EXTINTOR \\ 72
FENDA \\ 67
FERIDAS FECHADAS A SAL \\ 22
FESTIM \\ 50
FINISTERRA \\ 60

GILDA \\ 73

GÓBIA \\ 68

INVESTIGAÇÕES ALEATÓRIAS (DE UMA *DROSOPHILA FUNEBRIS*) \\ 28

MANDÍBULA \\ 61

MANUEL \\ 19

MARLI SOB OS EFEITOS DO PHÁRMAKON \\ 43

MIXOLOGIA \\ 58

MOLINETE \\ 32

NADJA | AJDAN (PARA LER COM ESPELHOS) \\ 63

NÃO APLICÁVEL AOS DA GARGANTA \\ 41

NAUFRÁGIO \\ 35

NUMA MANHÃ DE DEZEMBRO \\ 75

OBSERVAÇÕES A PARTIR DE CASSIS \\ 64

ORBUCULUM \\ 56

ORIGAMI \\ 39

PHÁRMAKON \\ 37

PLACEBO DE MI ALMA, MARLI \\ 38

PLAYSTATION \\ 30

SALA DE ESPERA \\ 31

SALVA-VIDA \\ 26

SEMPRE SONHEI COM UMA CANETA QUE FOSSE UMA SERINGA \\ 52

SOL-POSTO \\ 77

STELLA \\ 51

TEJO \\ 33

TOMANDO UM CAFÉ COM OVÍDIO, DURAS E NABOKOV \\ 34

1ª edição [2024]

Este é o livro nº 16 da Telaranha Edições.
Composto em Rift e Brando Arabic, sobre papel pólen avena 90 g,
e impresso nas oficinas da Gráfica e Editora Copiart em julho de 2024.